A mercadoria
mais preciosa

Jean-Claude Grumberg

A mercadoria mais preciosa

Uma fábula

tradução
Rosa Freire d'Aguiar

todavia

I

Era uma vez, num grande bosque, uma pobre lenhadora e um pobre lenhador.

Não não não não, sossegue, não é *O Pequeno Polegar*! De jeito nenhum. Eu mesmo, assim como você, detesto essa história ridícula. Onde e quando já se viu pais abandonarem os filhos porque não podem alimentá-los? Ora essa...

Portanto, naquele grande bosque reinavam uma grande fome e um grande frio. No inverno sobretudo. No verão, um calor sufocante abatia-se sobre o bosque e enxotava o grande frio. Em compensação, a fome era constante, mais ainda naqueles tempos em que a guerra mundial assolava ao redor daquele bosque.

A guerra mundial, sim sim sim sim sim.

Como pobre lenhador fora requisitado para trabalhos de interesse público — em benefício apenas dos vencedores que ocupavam cidades, aldeias, campos e florestas —, era portanto pobre lenhadora que, do amanhecer ao crepúsculo, percorria o bosque na esperança, volta e meia frustrada, de abastecer seu minguado lar.

Felizmente — para alguma coisa serve a desgraça — pobre lenhador e pobre lenhadora não tinham filhos para alimentar.

Todo dia o pobre lenhador agradecia aos céus por essa graça. Quanto à pobre lenhadora, lamentava-se disso, secretamente.

Não tinha filho para alimentar, decerto, mas tampouco filho para querer bem.

Por isso, rezava aos céus, aos deuses, ao vento, à chuva, às árvores, até ao sol quando seus raios perfuravam a folhagem, iluminando a borda de seu bosque com uma transparência ofuscante. Suplicava assim a todas as potências do céu e da natureza que se dignassem de lhe conceder enfim a graça da vinda de um filho.

Pouco a pouco, com a idade chegando, compreendeu que todas as potências celestes, terrestres e feéricas tinham se coligado ao lenhador seu marido para privá-la de um filho.

Então, daí em diante rezou para que pelo menos cessassem o frio e a fome de que sofria de manhã à noite, de noite como de dia.

Pobre lenhador levantava-se antes do amanhecer a fim de dedicar todo o seu tempo e todas as suas forças de trabalho à construção de edifícios militares de interesse geral e até general.

A pobre lenhadora, ventasse ou chovesse, nevasse ou reinasse aquele calor abafado que mencionei a você, essa pobre lenhadora, portanto, percorria seu bosque em todas as direções, recolhendo cada raminho, cada lasquinha de madeira morta, apanhada e arrumada como um tesouro esquecido e redescoberto. Também recolhia as raras armadilhas que seu marido lenhador montava de manhã quando ia para sua labuta.

A pobre lenhadora, você há de convir, dispunha de poucas distrações. Caminhava, com a fome no ventre, remoendo na cabeça desejos que agora já não sabia como formular. Contentava-se em implorar aos céus que comesse, ainda que um só dia, o suficiente para matar a fome.

O bosque, o seu bosque, a sua floresta, estendia-se vasto, cerrado, indiferente ao frio, à fome, e desde o início daquela guerra mundial, homens requisitados, com máquinas poderosas, tinham perfurado o seu bosque em toda a sua extensão a fim de instalar trilhos naquela trincheira e, fazia pouco, inverno como verão, um trem, um único trem passava e repassava naquela via única.

Pobre lenhadora gostava de ver passar aquele trem, o seu trem. Olhava para ele febril, imaginava viajar também, arrancando de si aquela fome, aquele frio, aquela solidão.

Pouco a pouco regulou sua vida e seus afazeres pelas passagens do trem. Não era um trem de aspecto sorridente. Simples vagões de madeira com uma espécie de lucarna única guarnecida de grades, que enfeitava cada um deles. Mas como pobre lenhadora nunca tinha visto outros trens, aquele lhe convinha perfeitamente, sobretudo desde que o marido, respondendo às suas perguntas, declarara em tom peremptório que se tratava de um trem de mercadorias.

Essa palavra "mercadorias" acabou de conquistar o coração e inflamar a imaginação da pobre lenhadora.

"Mercadorias!" Um trem de mercadorias... Agora via aquele trem transbordando de mantimentos, roupas, objetos, via-se percorrendo aquele trem, servindo-se e se fartando.

Aos poucos a excitação deu lugar à esperança. Um dia, talvez um dia, amanhã, ou depois de amanhã, ou pouco importa quando, o trem terá enfim piedade de sua fome e, ao passar, lhe dará como esmola uma de suas preciosas mercadorias.

Logo ela tomou coragem, aproximando-se o mais possível do trem, chamando-o, gritando por ele com um gesto, implorando-o com a voz, ou simplesmente saudando-o quando estava longe demais para chegar a tempo.

Por fim, de vez em quando uma mão passava por uma das lucarnas e lhe respondia. Também de vez em quando uma daquelas mãos lançava para ela alguma coisa que ela então ia correndo pegar, agradecendo ao trem e à mão.

Quase sempre, era apenas um pedaço de papel que ela desamassava com cuidado e imenso respeito antes de dobrá-lo de novo e guardá-lo sobre o coração. Seria o prenúncio de um presente futuro?

Muito tempo depois da passagem do trem, quando caía a noite, quando a fome se fazia sentir demasiado, quando o frio a fustigava mais, e a fim de não sentir um grande aperto no coração, ela tornava a desdobrar o papel com um respeito religioso e contemplava os rabiscos ininteligíveis, indecifráveis. Não sabia ler nem escrever, em nenhuma língua. Seu simplório marido, de seu lado, sabia um pouco, mas ela não queria dividir com ele, nem com ninguém, o que seu trem lhe oferecia.

2

Assim que ele descobriu aquele vagão de mercadorias — vagão de animais, tendo em vista a palha no chão —, soube que a sorte deles ficara para trás. Até ali, de Pithiviers a Drancy, contaram com a sorte de, pelo menos, não ficarem separados. Infelizmente, tinham visto todos os outros, os azarados, partirem uns após outros sabe-se lá para onde, mas eles permaneceram juntos. Deviam, pensava, essa graça à presença de seus gêmeos queridos, Henri e Rose, Hershele e Rouhrele.

Na verdade, os gêmeos tinham começado a se manifestar no pior momento, na primavera de 1942. Era lá hora de pôr no mundo uma criança judia? Pior, duas crianças judias de uma só vez? Era lá hora de deixá-los nascer assim sob uma boa estrela amarela? Porém, graças a eles, tinha certeza, passaram o Natal de 1942 no campo de Drancy, juntos, sempre.

E sua boa estrela e a administração judia do campo tinham até mesmo lhe arrumado um emprego! Ele estava quase terminando os estudos de medicina — especialidade cirurgia olhos nariz garganta ouvidos —, e em Drancy, lhe disseram, havia muitos médicos, muitos doentes também, é verdade — em qualquer lado onde há judeus, há muitos médicos e ainda mais doentes —, mas como dois de seus cabeleireiros acabavam de partir... Cabeleireiro? Sim, tudo bem.

Era inútil arrancar os cabelos e tentar entender, já não havia mais nada a entender.

Enquanto houve gendarmes franceses para tomar conta deles, ele os penteara. Vira muitas vezes o pai agitar suas tesouras, fazê-las estalar no ar como se quisesse prevenir os cabelos do cliente que dali a pouco passaria à ofensiva, e depois, fixando a nuca, concentrado, atirar-se sobre o redemoinho rebelde, sobre o pequeno tufo a raspar com um gesto decisivo. Até os cabeleireiros de profissão o haviam confundido com um deles.

Mas quando os gendarmes nacionais foram substituídos pelas fardas cinzentas, só lhe restaram os membros da administração e alguns internos que apelavam para seus serviços, clientela relativa e desesperada, a quem era preciso mentir e mentir. "Mas claro, claro, está tudo bem, vai dar certo, vai dar tudo certo…"

Na primavera de 42, sim, por pouco eles não lhes deram um fim, sem saber, aliás, que seriam dois. Mas sua esposa, depois de refletir, desejara guardá-los. Ela terminou dando à luz dois serezinhos já judeus, já fichados, já classificados, já procurados, já perseguidos, uma menina e um menino, já berrando em coro como se soubessem, como se compreendessem. "Eles têm os olhos do pai", decretou a mãe. Sim, seus primeiros gritos foram terríveis. Só a mãe, transbordando de leite e de esperança, soube acalmá-los. Eles logo pararam de berrar em coro e afinal, confiantes, continuaram a mamar, em sonho.

Naquela pequena e discreta clínica de partos da Rue de Chabrol, num canto da cidade de Hauteville, até lhe propuseram ficar com as crianças e entregá-las a uma família confiável. O que é uma família confiável? "Que família para eles pode ser mais confiável do que a formada por seu próprio pai e sua própria mãe?", exclamara Dinah, apertando os gêmeos contra os seios, orgulhosa. Ela que, apesar das privações, apesar de Drancy, era, diziam, provida de leite para quatro. Transbordava de leite, de amor e de confiança. Deus poderia ter dado a vida àqueles dois querubins sem a intenção de ajudá-los a crescer?

E agora, ali estava, sobre a palha, apertando os filhos contra si, sacolejados naquele trem, sem leite para alimentá-los. Drancy derrotara, enfim, seu leite, sua confiança e sua fé. Ali, naquela confusão, naquele pânico, naqueles gritos, naquelas lágrimas, o pai, o marido, o falso cabeleireiro, o ainda não médico, mas já o verdadeiro judeu, buscava um lugar para abrigar a família. Observando os companheiros de viagem, encarando-os, teve uma iluminação. Não não, não estavam levando aqueles velhos, aquele cego, aquelas crianças, aqueles gêmeos e os outros, não, não os estavam levando para trabalhar. Despachavam-nos para longe dali, já não os queriam ali, mesmo marcados, mesmo estrelados, mesmo fichados, mesmo aprisionados, mesmo privados de liberdade, de tudo e de tudo, mesmo assim já não os queriam.

Por isso os despachavam. Mas para onde? Em que lugar deste mundo os queriam? Qual país estava disposto a acolhê-los? Qual país os teria recebido de bom grado naquele mês de fevereiro de 1943?

O problema não era esse. Dinah já não tinha, ou tinha muito pouco leite. Drancy secara seus seios. Os rumores, a partida dos pais dela, depois do pai dele. Partiram e desde então não tinham dado mais sinal de vida. Ela estava encolhida no chão, ali mesmo onde, fazia pouco, havia vacas ou cavalos que certamente eram levados a um matadouro.

Estendera seu xale de lã dos Pirineus que lhe tinham deixado por bondade, para enrolar os gêmeos. Reinavam o frio, a guerra, o medo. Ela ninava um, e então o outro chorava. Ela ninava o outro, o primeiro resmungava. Eram dois belos bebês, um menino, uma menina. "A escolha do rei", repetiam-lhe. "Os mais belos bebês do mundo. Com os dois, eis que vocês estão realizados para o resto da vida! Tive três filhas antes de ter meu filho! Vocês, vocês já têm os dois!" Onde estarão agora? Cada um ia desfiando suas lembranças, seus gritos, sua raiva. A prostração, a exasperação. Uma mulher cantava em iídiche uma canção de ninar. Dinah compreendia iídiche, mas fingia não o conhecer.

Que fazer? Que fazer, indagava o ex-falso cabeleireiro. Até ali, acreditara cumprir à perfeição seu papel de pai apesar de todas as dificuldades. Apesar dos obstáculos, soubera proteger seus gêmeos. Importunara a administração do campo. "Seus gêmeos! Meus gêmeos!" Tinham se tornado os gêmeos de todo mundo, aqueles que precisavam ser salvos, protegidos, e pois é… pois é. Ele se sentia desarmado, fora de si, não sabia mais o que fazer. Não podia continuar assim, tinha o dever de retomar seu papel, precisava encontrar uma solução. Já dois dias de viagem. O odor, o odor insustentável. O balde sobre a palha num canto e a vergonha, a vergonha partilhada, a vergonha desejada, prevista por aqueles que os despachavam não se sabe para onde.

Reduzi-los a nada, primeiro, a menos que nada, depois, não deixar nada de humano neles, que assim seja. Mas era seu dever, por seus filhos, que ele via morderem um após outro os seios de sua esposa dos quais nada saía, era seu dever encontrar uma solução.

Um de seus companheiros de viagem lhe perguntou se era

romeno. Sim, era romeno. O romeno lhe disse que ele, antes, também era romeno e que agora era apátrida de origem romena. Naquele vagão, havia muitos apátridas de origem romena. Tinham-nos agarrado em Paris ou em outro canto da França. Um deles, portanto, lhe falou de Iassi.

— Conhece Iassi?
— Claro que conheço Iassi.
— Houve um pogrom lá.
— Um pogrom? Lá existe a guerra, como aqui, não precisa mais de pogrom.
— Não não, um pogrom. Puseram milhares de judeus num trem em Iassi, e puseram o trem para andar, e andar e andar, até que os judeus morressem no trem, de calor, de sede, de fome.

Em cada estação onde o trem parava, livravam-se dos mortos, e o trem tornava a partir com os sobreviventes. Às vezes partia no outro sentido, andava na direção contrária. O trem não ia para lugar nenhum, o único objetivo da viagem era este: jogar na plataforma, em cada estação...

— Aqui você está vendo que avançamos, que não paramos! E, além disso, sentimos frio, não estamos com calor.
— É como em Iassi, estou lhe dizendo! Como em Iassi!

Depois disso, a cada parada do trem em plena via, ele receava que partissem de novo na direção contrária. Que parassem numa estação e que jogassem dos vagões os moribundos, as crianças, os velhos. Mordia as mãos. Que fazer? Que fazer? Alcançou a lucarna pedindo desculpas, empurrando um, afastando outro. Ali, um velho tentava retomar o fôlego. Ofegava. A asma, dizia-lhe. Depois sorriu para o pai dos gêmeos. Balançou a cabeça e o olhou com olhos que pareciam já ter compreendido tudo, olhos que, desde seu nascimento, tinham previsto tudo. Não parecia surpreso, apenas precisava de um pouco de ar.

Lá fora, a neve diminuía a velocidade do trem. Depois o trem se imobilizou um instantinho, antes de tornar a partir, ficando de súbito asmático também. Foi então que ele compreendeu.

Deu empurrões em uns e outros. Alcançou o xale de lã dos Pirineus. Acima de tudo, não escolher, acima de tudo, não mais refletir, agarrar um dos dois, não escolher entre o menino e a menina. Pegou o primeiro que lhe caiu na mão. Já tirara do bolso o xale de oração. A criança cochilava. Dinah olhou para ele um instante e depois tornou a fechar os olhos, também, apertando o outro gêmeo.

Ele, enquanto abria o xale, voltou para a lucarna. As grades, as grades permitiam passar um braço. O trem recuperou um pouco de velocidade. Ele descobriu a floresta, as árvores desabando sob a neve. Distinguiu uma silhueta que parecia correr atrás do trem, levantando bem alto os pés na neve, e gritando.

Ele apertou a criança, enrolou-a em seu xale de oração. O asmático o encarava e parecia lhe dizer com os olhos: "Não faça isso! Não faça isso! Não faça o que você quer fazer!". Mas ele estava decidido. Leite insuficiente para dois. Talvez o bastante para um?

Febril, levantou a criança enrolada no xale. A cabeça passaria? Então o asmático lhe disse em iídiche:

— Não faça isso! Mas o pai o encarou e fingiu que ignorava totalmente o iídiche. Depois fez um gesto em direção da velha que parava, ajoelhada na neve, como se agradecesse ao céu.

O trem saiu do bosque.

3

Pobre lenhadora, naquela manhã como em todas as manhãs, cedo, muito cedo, naquela penumbra de inverno, vai ofegante pela neve para não perder a passagem de seu trem. Ela se apressa e se apressa, apanhando aqui e ali alguns galhos que o peso da neve e da noite quebrou e jogou no chão. Corre, corre, arrancando da neve os pés calçados de peles de raposinhos reviradas e costuradas graças aos cuidados de seu pobre marido lenhador.

Corre, arrancando da neve os raposinhos. Corre, corre, e quando enfim vai dar, ofegante, na clareira que margeia a via férrea, ouve seu trem arfar, igual a ela, ofegar, gemer, desacelerar igual a ela, atrapalhado com aquela neve espessa e dura que os impede, a um e à outra, de avançar.

Faz gestos com os braços, enquanto grita:

— Espere por mim! Espere por mim!

O trem arqueja e avança.

Mas dessa vez, ao passar, ele lhe responde. O trem de carga — o comboio 49 — lhe responde!

E não com um sinal, mas com um gesto. Não um desses gestos que acompanham o arremesso daqueles miseráveis pedaços de papel amassados e rabiscados às pressas por uma mão desajeitada, não, um gesto, um gesto de verdade.

Primeiro, surge uma bandeira pela lucarna estreita, brandida por uma mão, uma mão, humana ou divina, que a solta de repente, e a bandeira vai depositar sua carga na neve, a uns vinte passos de nossa pobre lenhadora, que cai de joelhos, mãos apertadas sobre o peito, não sabendo o que fazer para agradecer aos céus. Enfim, enfim, depois de tantas preces vãs! Mas agora a mão na lucarna se estica na direção dela e com um dedo, com um dedo peremptório, imperioso, lhe faz sinal para apanhar o pacote. Aquele embrulho é para ela. Só para ela. Ele lhe é destinado.

Pobre lenhadora se livra então de seu magro feixe de inverno e, tão depressa quanto a neve lhe permite, precipita-se sobre o embrulhinho para arrancá-lo da neve. Depois, avidamente, febrilmente, desata os nós como quem rasga a embalagem de um presente misterioso.

Então aparece, ó maravilha, o objeto, o objeto pelo qual ela clamava fazia tantos dias com todos os seus votos, o objeto de seus sonhos. Mas eis que o embrulhinho, o objeto apenas desfeito, em vez de lhe sorrir e lhe estender os braços, como fazem os bebês nas imagens sacras, agita-se, berra, cerra os punhos brandindo-os bem alto em seu desejo de viver, torturado pela fome. O pacote protesta, e protesta ainda mais.

Nossa pobre lenhadora aperta a criaturinha contra si, enfiando-a sob seus lenços sobrepostos, e eis que começa a correr e correr ainda mais, apertando seu tesouro contra o peito. De repente, fica imóvel, sente uma boca ávida chupando seu magro seio, depois para e berra de novo, agitando-se ainda mais, debatendo-se, gritando, berrando. Ela tem fome, aquela criança tem fome, meu filho tem fome. Ela se sente transformada em mãe, a um só tempo feliz e mortalmente inquieta. Realizada mas espantada. Ei-la mãe, e mãe sem leite.

Meu filho tem fome, que fazer, que fazer? Por que o deus do trem de carga não lhe deu leite para alimentar a criança que lhe ofereceu? Por quê? Mas então, em que pensam os deuses? Com que querem que eu a alimente?

Chegando em casa, o embrulhinho posto sobre a cama se contorce cada vez mais, animado pela energia do desespero e por uma fome de lobo que caiu na armadilha. Pobre lenhadora então acende um fogo, joga água em sua chaleira, e procura, procura, e procura ainda mais.

Enquanto a água ferve, encontra um resto de *kasha** que vai pôr para macerar na água fervida, mas antes, para acalmar seu pacotinho, estende o dedo para a boca ávida. O pacotinho o agarra e chupa, chupa, com uma fúria obstinada. Depois, de repente, percebendo o engodo, para de chupar e recomeça a berrar. Pobre lenhadora, chorando em eco, o pega contra si, e amassa a *kasha* para fazer uma papa que ela tenta, com a ajuda de uma colher, enfiar na boca que berra. Sem conseguir, torna a enfiar aquele mesmo dedo na *kasha* esmagada e o oferece de novo à boca da criança, que torna a chupar com paixão, depois larga o dedo, cuspindo a *kasha* amarga.

Pobre lenhadora aproveita para fazê-la engolir um pouco da água do cozimento, depois estica de novo o dedo, a criança chupa outra vez. Aos poucos, com a água que mata a sede, a *kasha* que engana a fome, a criança se acalma nos braços de sua nova mãe enquanto pobre lenhadora cochicha em seu ouvido como que uma melodia, uma canção de ninar ressuscitada da noite dos tempos e que surpreende ela mesma:

---

* Prato popular russo à base de cereais como trigo-sarraceno, cevada e aveia. [N. T.]

"Dorme dorme minha mercadoriazinha, dorme dorme embrulhinho meu, dorme dorme meu filho, dorme dorme."

Depois, acomoda delicadamente seu precioso tesouro no meio da cama. Então seus olhos se fixam no xale aberto que ela pôs para secar ali mesmo em cima do colchão. Um xale suntuoso, feito de fios tão finos e entrelaçados numa trama tão apertada, enfeitado de franjas nas duas pontas e bordado com fios de ouro e de prata. Nunca viu nem tocou num xale tão precioso. Realmente, pensou, só os deuses para fazerem tão bem as coisas ao embrulhar seu presente em tecido tão suntuoso. Ela também logo adormeceu, com seu pacotinho, sua mercadoriazinha querida apertada nos braços, enrolada no xale feérico.

Nossa pobre lenhadora dorme, dorme, com seu bebê bem apertado nos braços, descansa com o sono dos justos, dorme lá no alto, bem mais alto que o paraíso dos pobres lenhadores e das pobres lenhadoras, bem mais alto ainda que o Éden dos bem-aventurados deste mundo, dorme bem lá no alto, lá no alto, no jardim reservado aos deuses e às mães.

4

Chegando a noite, enquanto pobre lenhadora e seu dom dos céus dormem, pobre lenhador, exausto com seu trabalho de interesse geral, volta para casa. Com o barulho que faz, a mercadoriazinha acorda e, retomando sua fome insaciada, logo chora.

— Que que é isso? — ruge pobre lenhador.

— Uma criança — responde pobre lenhadora, se levantando com seu pacotinho no colo.

— Que que é essa criança aí?

— A alegria de minha vida — prossegue pobre lenhadora, sem pestanejar nem tremer.

— A o quê?

— Os deuses do trem me deram de presente.

— Os deuses do trem?!

— Para que ela se torne o filho querido que eu nunca tive.

Pobre lenhador então agarra a mercadoriazinha, arrancando-a do abraço de pobre lenhadora, o que tem como efeito paradoxal cessar os gritos e choros do bebê que, com suas mãozinhas ávidas, logo puxa a barba de pobre lenhador e tenta imediatamente chupá-la.

— Você não sabe o que é que é essa criança? Não sabe?

E de repente larga a criança em cima da cama, num gesto

de repugnância, como quem cospe de lado um naco de carne estragada.

— Ela fede! Não sabe a que espécie ela pertence?

— Eu sei que é meu anjinho, meu! — declara pobre lenhadora, pegando de novo a criança nos braços. — E será o seu, se você quiser.

— Isso não pode ser nem o meu nem o seu anjinho! É um rebento da raça maldita! Os pais dele o jogaram do trem na neve porque são uns sem-coração!

— Não não não! Foram os deuses do trem que me deram de presente!

— Você está delirando, velha, quando ele crescer vai ser igual a eles, um sem-coração!

— Não se formos nós que o criarmos.

— E como vai alimentá-lo?

— Ele é tão pequenininho, há pouco lhe dei um dedo para chupar e foi o suficiente para acalmar sua fome.

— Não sabe que a gente não tem direito, e incorre em pena de morte, se esconder os sem-coração? Eles mataram Deus.

— Ele não, ele não! Ele é tão pequenininho.

— Mataram Deus e são ladrões.

— Graças a Deus nós nunca tivemos, neste mundo, nada para roubar. E, se você quiser, logo ele vai me ajudar a buscar lenha no bosque.

— Se o encontrarem na nossa casa, vão nos fuzilar.

— Quem vai saber?

— Os outros lenhadores vão nos denunciar aos caçadores de sem-coração.

— Não não, vou dizer que essa criança é minha, que finalmente ganhei barriga graças ao teu trabalho.

— E que pariu tardiamente um fedelho de quinze libras?

— No início ele não vai sair de casa.
— Ele não pode ser nosso, está marcado.
— Como assim, marcado?
— Você ignora que os sem-coração são marcados e que é assim que a gente os reconhece?
— Como assim?
— A natureza deles não é igual à nossa.
— Não vi marca nenhuma.

Pobre lenhador se esforça para desfazer o pacotinho cuja natureza toda nua ele faz surgir.

— Veja, veja!
— Veja o quê?
— A marca.
— Que marca? — interroga pobre lenhadora enquanto dá, por sua vez, uma olhadela. — Não vejo marca nenhuma!
— Veja, ele não é feito igual a mim.
— Não, mas ela é feita igual a mim. Olhe como é bonita.

Pobre lenhador desvia os olhos às pressas, e depois de coçar o occipital sob o boné, torna a fechar o pacotinho, o qual empurra com os punhozinhos fechados as mãos que o atormentam.

— O que está fazendo? — inquieta-se pobre lenhadora ao ver pobre lenhador agarrá-lo e ir em direção à porta. — Aonde você vai?
— Vou depositá-lo de novo perto da estrada de ferro.

Então pobre lenhadora se precipita como uma fúria e tenta arrancar do lenhador seu pacotinho. Sem conseguir, agora lhe barra a passagem, declarando:

— Faça isso, lenhador, e terá de me jogar junto com ela debaixo das rodas do trem de carga, e os deuses, todos os deuses, os dos céus, da natureza, do sol e do trem, te perseguirão aonde quer que você vá! Faça o que fizer!

Pobre lenhador, imóvel, hesita um instante. Devolve à pobre lenhadora o "pacotinho" que se tornou "mercadoriazinha", já que sua natureza nos foi revelada e que essa natureza é incontestavelmente feminina.

Portanto, a mercadoriazinha, passando assim de braço em braço, entre gritos e fúria, também começa a berrar subitamente como mil trombetas em surdina.

Pobre lenhador, que não parece ser um grande apaixonado por música, também tapa os ouvidos, berrando:

— Está bem! Está bem! Que assim seja e que toda a desgraça que vier seja a sua desgraça!

Então, pobre lenhadora, apertando sua mercadoriazinha contra o coração, diz:

— Ela fará a minha felicidade e a sua.

— Obrigado! Guarde toda a felicidade para você! Que ela lhe faça um grande bem! Mas saiba que não quero mais ouvi-la, nem vê-la, nunca mais! Vá colocá-la no depósito de lenha! Faça com que se cale e estamos conversados!

Pobre lenhadora, enquanto ninava sua mercadoriazinha, chega ao depósito de lenha onde não tem nenhuma tábua, e ali se instala com a criança que os deuses lhe deram para querer bem. Pobre lenhador entra pé ante pé e lhe joga uma pele de urso costurada e roída pelos camundongos.

— Tome! E não me invente, para completar, de bater as botas!

— Eu? Os deuses me protegem — responde pobre lenhadora.

A criança ainda chora, num quase sono.

Pobre lenhador, ao sair, ordena:

— Faça-a se calar! Senão...

Pobre lenhadora continua a niná-la, apertando-a bem forte, cobrindo-lhe a testa com beijinhos muito suaves. Assim, as duas dormem. Instala-se o silêncio, apenas quebrado pelos roncos trágicos que saem do nariz do pobre lenhador, e pelos suspiros de alívio que se elevam em uníssono da mercadoriazinha, dom de Deus, e de sua nova e amorosa mamãe, ambas encolhidas debaixo da pele de urso roída pelos camundongos.

5

O trem de mercadorias designado como comboio 49 pela burocracia da morte, partindo de Bobigny-Gare, perto de Drancy-Seine, no dia 2 de março de 1943, chegou no dia 5 de março de manhã no centro do inferno, seu fim de linha.

Depois de ter descarregado sua carga de ex-alfaiates para homens, senhoras e crianças, mortos e vivos, acompanhados da família, próxima ou distante, bem como de seus clientes e fornecedores, sem esquecer, para os religiosos, seus ministros do culto, e para os inválidos, velhos, doentes, impotentes, seu médico pessoal, o trem, ex-comboio 49, decerto apressado para se tornar comboio 50 ou 51, tornou a partir, imediatamente, na direção oposta.

Pobre lenhadora não o viu passar novamente vazio, absorta que estava em sua nova função de mãe de família.

Depois da recepção da mercadoria, logo se procedeu à sua triagem. Os peritos selecionadores, todos médicos diplomados, em seguida ao exame, só ficaram com dez por cento da carga. Uma centena de cabeças em cada mil. O resto, o rebotalho, velhos, homens, mulheres, crianças, estropiados, evaporou-se após um tratamento no fim da tarde na profundeza infinita do céu inóspito da Polônia.

Foi assim que Dinah, vulga Diane nos documentos provisórios, e sua caderneta familiar nova em folha, e seu filho Henri, irmão gêmeo de Rose, livraram-se de toda a força da gravidade ganhando os limbos do paraíso prometido aos inocentes.

6

Em muitas fábulas, e estamos de fato numa fábula, encontra-se um bosque. E nesse bosque, um espaço mais denso que ao redor, no qual só se penetra com dificuldade, um espaço selvagem e discreto, protegido dos intrusos por sua própria vegetação. Um lugar retirado onde nem homem, nem deus, nem bicho entra sem tremer. No vasto bosque onde pobre lenhador e pobre lenhadora tentam subsistir, existe um lugar desses, ali onde as árvores crescem mais cerradas e mais frondosas. Um lugar que o machado dos lenhadores respeita e onde não se descobre o traçado de nenhuma trilha. Uma floresta densa por onde a gente só se esgueira em silêncio. As crianças, é claro, não têm autorização de ir lá. E até seus pais temem pôr os pés ali e se perderem.

Pobre lenhadora, apesar de tudo, conhece seu bosque como o próprio bolso — os xales em que se enrola no inverno e no verão não têm bolso, e ainda que tivessem ela não teria nada para pôr dentro —, e digamos que conhece aquele lugar reservado, pensa ela, às fadas e aos duendes bem como às feiticeiras e a seus lobisomens. Sabe igualmente que ali vive um ser humano solitário, um ser que mete medo e horror a todos e todas, e com quem mesmo as fardas cinzentas e seus miseráveis milicianos temem cruzar. Um ser que alguns dizem maléfico, enquanto outros o chamam de amigo dos bichos e inimigo dos homens. Ela mesma o entreviu certos dias, quando catava lenha na borda daquela floresta onde ele parece reinar como senhor absoluto e solitário.

Também sabe, coitada, e foi o que entendeu logo de manhã, que sua mercadoriazinha não poderá sobreviver e prosperar sem leite.

Depois da saída de pobre lenhador, ela se enrolou em seus lenços e entre eles enfiou sua mercadoriazinha, envolta no xale fornecido pelos próprios deuses, aquele xale de franjas de ouro e prata e que parece tecido por mãos de fada.

Em seguida, alcançou aquela parte do bosque em que ninguém se aventura sem tremer nem entregar a alma a Deus. Na beira do bosque, encontra a escuridão que reina em permanência naquela parte. Espia. O homem está lá? Acaso a está vendo? E a cabra? A cabra ainda está neste mundo? Ainda dá leite?

Antes de sair, tentou alimentar de novo sua mercadoriazinha querida com um resto de papa de *kasha*. Não deu certo. A *kasha* foi cuspida. E agora, a cabecinha fria da mercadoriazinha balança sem força. Ela precisa de leite, pensa, leite, leite, senão... Não não, impossível, os deuses não lhe deram esse presente para deixá-la morrer em seus braços!

Pobre lenhadora penetra na escuridão, passando sob os galhos baixos, invocando os deuses do trem, e da natureza, e dos bosques, e das cabras. Implora até mesmo pela ajuda de fadas, nunca se sabe, e até pela dos espíritos maléficos que não conseguiriam, sem se rebaixar, se aferrar a uma inocente criança. "Ajudem-me, ajudem-me todos", murmura na barafunda dos galhos que estalam sob seus passos. Nunca ninguém vai apanhar lenha ali. A própria neve só raramente chega ao chão. Ela derrete na copa das árvores e se acumula sobre os galhos baixos.

— Quem vai aí?

Pobre lenhadora não se move.

— Uma pobre lenhadora — responde com voz trêmula.

A voz recomeça:

— Que a pobre lenhadora não dê mais um passo!

Ela se imobiliza. A voz prossegue:

— O que quer a pobre lenhadora?

— Leite para meu filho!

— Leite para seu filho?

Ouve-se então como que um riso sinistro.

Em seguida, depois de uns arranhões de botas em cima da madeira podre, aparece um homem com uma *chapka** na cabeça e armado de um fuzil.

— Por que não lhe dá o seu?

— Não tenho leite, infelizmente. E se essa criança que você está vendo — tira a criança de dentro de seu xale — não tiver leite hoje, vai morrer.

— Sua filha vai morrer? Grande coisa! Você terá outra.

— Não tenho mais idade. E, além disso, essa criança me foi confiada pelo deus do trem de carga que passa e repassa pela via férrea.

— Tinha que ter lhe dado o leite junto!

Ele deixa escapar de novo uma espécie de risada amarga de gelar os ossos.

A lenhadora responde, temerosa mas decidida:

— Ele esqueceu. Os deuses não podem pensar em tudo, têm tanto o que fazer aqui no mundo.

---

* Gorro de pele típico do Leste Europeu. [N. E.]

— E o fazem tão mal! — concluiu o homem.

Em seguida, depois de um silêncio, torna a interrogá-la:

— Mas me diga, pobre lenhadora, de onde quer que eu tire leite?

— Da teta da sua cabra.

— Minha cabra? Como sabe que tenho uma?

— Eu a ouvi balir quando pegava lenha na entrada dos seus domínios.

Ele ri de novo, e depois, sério, se apruma e pergunta:

— Que me dará em troca do meu leite?

— Tudo o que eu tenho!

— E o que você tem?

— Nada.

— É pouco.

— Todos os dias que os deuses fizerem, virei, inverno e verão, lhe trazer um feixe de lenha contra dois goles de leite.

— Quer me pagar meu leite com o meu bosque?

— Não é o seu bosque.

— Também não é o seu.

— Assim como o seu leite não é seu leite!

— Como assim?

— É o leite da sua cabra.

— Mas essa cabra é minha. Nada na vida se dá sem contrapartida.

— Sem leite minha filha vai morrer, sem contrapartida.

— Tanta gente morre!

— Foram os deuses que me confiaram ela, se me ajudar a alimentá-la, ela viverá, eles lhe serão gratos e o protegerão.

— Eles já me protegeram bastante assim.

Ele arranca a *chapka* e descobre uma fronte cheia de calombos, uma têmpora esmagada e uma orelha que falta.

— Desde então dispenso a proteção deles e me protejo sozinho.
— Mas o deixaram em vida, e a sua cabra também.
— Muitíssimo obrigado.
— Vou lhe trazer dois feixes todo dia, por só um gole de leite.
— Vê-se que entende de negócios!
Riu de novo.
— Os deuses não lhe deram junto com a garotinha algum objeto precioso?
Nossa pobre lenhadora, desconsolada, estava quase soltando "infelizmente não" quando de repente seu rosto se ilumina. Libera sua mercadoriazinha do xale de oração e o entrega ao homem da cabra, que o agarra com desdém.
— É um xale divino, veja como é delicado.
O homem o passa em volta do pescoço.
— Olhe como é bonito! Com toda certeza foram dedos de fada que o teceram e o bordaram de ouro e prata.
A mercadoriazinha chora baixinho. Os berros passaram, ela perdeu o vigor.
O homem da cabra e da cara quebrada examina a criança e conclui:
— Essa criatura divina está com fome, como uma vulgar criança humana. Vou lhe dar uma medidinha de leite de minha cabra. Você precisaria é de leite de jumenta, mas não tenho, então esse leite de cabra que vou lhe dar por três meses todas as manhãs, você vai misturá-lo com água fervida, na proporção de duas medidas de água para uma medida de leite, e completará a comida dela com a papa, e depois com frutas e legumes frescos, na primavera.
Ele lhe devolve a criança. Ela a segura com amor, depois

se joga de joelhos diante do homem e tenta lhe beijar a mão. Ele recua.

— Levante-se!

Pobre lenhadora deixa correr as lágrimas.

— Você é bom, você é bom — murmura.

— Não não não não, fechamos um negócio. Espero os seus feixes de lenha já amanhã.

— Quem arrebentou a sua cabeça, homem de bem?

— A guerra.

— Esta?

— Uma outra, pouco importa.

— Jamais se ajoelhe na minha frente nem na frente de ninguém, nunca mais diga que eu sou bom, e não vá espalhar o boato de que tenho uma cabra e que lhe dou leite. Venha, vou lhe dar a parte que lhe cabe.

Assim foi feito.

Todas as manhãs a pobre lenhadora depositava seu feixe de lenha e, em troca, apanhava uma garrafinha de leite quente.

E foi assim que a pobre mercadoriazinha miserável e tão preciosa, graças ao homem dos bosques e à sua cabra, subsistiu e sobreviveu. No entanto, nunca estava saciada e a fome a atormentava o tempo todo. Chupava tudo o que lhe caía na boca e, novamente vigorosa, berrava sem o menor recato.

7

Sem tesouras, armado de uma simples máquina de cortar cabelo, o pai dos gêmeos, o marido de Dinah, nosso herói, depois de ter vomitado seu coração e engolido suas lágrimas, começou a raspar e a raspar milhares de crânios, entregues por trens de carga vindos de todos os países ocupados pelos carrascos devoradores de estrelados.

Aqueles crânios, aquela máquina, o pensamento secreto de que talvez, talvez... fizeram dele, sem querer, momentaneamente, um sobrevivente.

8

Ao anoitecer, quando pobre lenhador voltava, arrastando seus membros doloridos e sua carcaça alquebrada pelo dia de trabalho de interesse geral, não queria ver, e menos ainda ouvir, a gemeazinha solitária. Então, pobre lenhadora tentava fazê-la dormir antes do regresso dele. Mas acontecia de a pequena ainda estar fazendo manha ou se agitando em seu sono. Às vezes até, importunada pela fome, ela acordava chorando, ou gritando de medo, de repente, como se todos os lobos da terra tivessem marcado encontro para se atirarem juntos em seu encalço no mais profundo de seu sono.

Então pobre lenhador batia a mão grande sobre a mesa, rosnando com sua barba e com uma voz transtornada e odiosa devido ao álcool de madeira que ele consumia com os companheiros de trabalho:

— Não quero ver nem ouvir esse cúmplice do diabo! Essa sem-coração desgraçada! Mande-a calar a boca ou, pelos céus, eu a pego de você e a jogo aos porcos!

Felizmente, pensava a pobre lenhadora, já não há porcos nas redondezas, pois os caçadores de sem-coração e de comezainas já tinham requisitado todos eles e depois comido. Felizmente, também, pobre lenhador, exausto como estava, não tardava a abanar o boné antes de desabar, com a cabeça em cima da mesa, e assim dormir o sono dos injustos.

9

Certa noite, porém, a mercadoriazinha se agitou mais que de costume, acordando pobre lenhador em seu primeiro sono. Este, então, em meio à sua grande ira, chegou a querer levantar a mão contra ela. Pobre lenhadora então agarrou no ar a manzorra calosa de seu pobre marido lenhador, segurou-a um instante suspensa, antes de pousá-la delicadamente, bem espalmada, no peito de sua querida mercadoriazinha que se sacudia aos soluços. Pobre lenhador, roçando assim com a palma, sem querer, aquela pele tão macia e tão branca, tentou arrancar a mão do aperto de pobre lenhadora, mas esta, com as duas mãos entrelaçadas, a segurava firmemente sobre a caixa torácica da menininha, enquanto murmurava delicadamente no ouvido de pobre lenhador, que por sua vez não parava de berrar que não queria mais saber daquela pobre criatura do diabo, daquela sem-coração desgraçada, e sempre comprimindo a mão do pobre lenhador:

— Está sentindo? Está sentindo? Está sentindo o coraçãozinho que bate? Está sentindo? Está sentindo? Ele bate, bate.

— Não não! — clamava o boné do lenhador, mexendo-se para lá e para cá. — Não não! — uivava sua barba desgrenhada. — Não não!

A lenhadora, sempre cochichando, prosseguiu:

— Os sem-coração têm um coração. Os sem-coração têm um coração como você e eu.
— Não não!
— Pequenos e grandes, os sem-coração têm um coração que bate no peito.

Pobre lenhador soltou de repente a mão dando um puxão com o ombro, enquanto continuava a sacudir a cabeça e cuspir, agora entre os dentes, repetindo os tristes slogans daqueles dias tão sombrios:

— Os sem-coração não têm coração! Os sem-coração não têm coração! São uns cães vadios que é preciso enxotar a machadadas! Os sem-coração jogam os filhos pelas lucarnas dos trens e somos nós, pobres palermas, que somos obrigados a alimentá-los!

Cuspia assim sua bile mais preta, enquanto sentia uma perturbação, um calor, uma doçura nova que o breve contato de sua palma com a pele e o coração da mercadoriazinha fizera nascer até em seu próprio coração, e que agora ele sentia bater no próprio peito. Sim, seu coração batia como um eco, junto com o coraçãozinho da mercadoriazinha que finalmente se acalmou, no colo da lenhadora, e agora esticava os bracinhos para o pobre lenhador.

Ele recuou, apavorado. Quando a pobre lenhadora, por sua vez, estendeu-lhe a criança, recuou ainda mais, como que atingido em pleno peito, enquanto repetia mecanicamente que não queria mais ver nem alimentar aquela coisa, enquanto reprimia, no mais profundo da escuridão de sua carcaça, a vontade de responder àqueles braços esticados, oferecidos, de agarrar a criança para apertá-la contra o rosto, contra a barba.

Finalmente recuperou o controle, ao mesmo tempo que a razão, e também retomou a ofensiva, ameaçando a pobre lenhadora de ter de, amanhã, escolher entre ele, honesto lenhador seu marido, e aquele resíduo de aborto assassino de Deus que ela tinha no colo. E antes que pobre lenhadora pudesse lhe retrucar, desabou sobre a cama e, dessa vez, dormiu o sono do quase justo.

10

No dia seguinte, onde quer que pusesse a mão, era o coração da mercadoriazinha que ele sentia bater sob a palma. Dali em diante, no segredo de seu coração afogado numa doçura desconhecida, ele também chamava a pequena sem-coração de sua mercadoriazinha. E quando, por um grande e raro acaso, via-se a sós com ela, esticava-lhe um dedo hesitante que logo a menina agarrava e não queria mais soltar. Então sentia uma alegre e benfazeja doçura.

Até que um dia a pequena, arrastando-se de gatinhas pelo chão do casebre, pegou a barra de sua calça, e assim, com a ajuda das duas mãos, levantou-se e agarrou-se a um de seus joelhos remendados. Pobre lenhador não conseguiu reprimir um grito:

— Ei, velha! Venha! Venha ver! Venha ver!

Agora a menina se segurava com uma só mão, cambaleando, buscando equilíbrio. Pobre lenhador exultava:

— Está vendo? Está vendo?

Pobre lenhadora se extasiou e depois aplaudiu. A menina, tentando por sua vez bater palmas, largou a calça e caiu de bunda no chão, dando uma grande gargalhada. Pobre lenhador, de pernas para o ar, arrancou a criança do chão e a brandiu como um troféu de vitória, berrando de alegria e exclamando:

— Aleluia!

Nos dias que se seguiram, pobre lenhador assim como pobre lenhadora já não sentiram o peso dos tempos, nem a fome, nem a miséria, nem a tristeza de sua condição. O mundo lhes pareceu leve e seguro apesar da guerra, ou graças a ela, graças àquela guerra que lhes dera de presente a mercadoria mais preciosa. Os três dividiram um imenso feixe de felicidade, ornamentado por algumas flores que a primavera lhes oferecia para iluminar o interior da casa.

II

Com a alegria e a felicidade ajudando, pobre lenhador trabalhou com mais entusiasmo, mais força, seus companheiros o apreciaram mais e, apesar de seu mutismo, o convidaram ainda mais vezes para suas libações depois do expediente. Um deles, mais empreendedor, improvisara-se como produtor de álcool de madeira feito em casa. Fornecia-lhes a bebida. Ignoro a receita desse álcool de madeira, mas ainda que a conhecesse não a revelaria a você. Saiba simplesmente que é desaconselhável consumi-lo e que esse álcool de madeira, em altas doses, pode cegar.

— Não faz mal, guerra é guerra, e o que haveria para ver? — decretara o destilador amador.

Os companheiros eram corajosos e beberrões. Emborrachavam-se depois do dia de trabalho, pois os companheiros não tinham em casa uma mercadoriazinha, presente do trem e dos céus, capaz de fazê-los amar a vida, ainda que fosse a vida deles.

Depois do trabalho — glup glup glup —, certas noites, pobre lenhador aceitava encher a cara com os colegas, adiando assim o prazer de voltar para perto de sua mercadoriazinha adorada. Portanto, fazia seus companheiros de infortúnio — glup glup glup — partilharem seu recente bom humor e todos erguiam um brinde, e depois outro. A quê? A quem? Um deles propôs beber ao fim próximo daquela guerra maldita — glup glup glup. Em seguida beberam ao fim dos sem-coração malditos — glup glup glup. Um companheiro declarou então, a respeito dos sem-coração, que o trem que passava cheio e que eles viam repassar vazio transportava não se sabe para onde uns sem-coração vindos dos sete cantos do mundo. Outro especulou:

— Enquanto a gente se mata e dá um duro desgraçado em troca de uns salários de miséria, os sem-coração vão passear de graça em trens especiais!

Um terceiro esclareceu, enfim:

— Os sem-coração mataram Deus e quiseram esta guerra! Não merecem viver, e a guerra maldita deles só vai terminar quando a terra estiver finalmente livre deles para sempre! — glup glup glup.

— Ao desaparecimento deles! — glup glup glup.

— Que morrem os sem-coração! — concluíram em coro.

Não totalmente em coro...

Pobre lenhador, nosso pobre lenhador — todos eram lenhadores e pobres —, o nosso, portanto, tinha bebido mas se calado. Então os colegas se voltaram para ele, como se fossem um só homem, esperando ouvir suas palavras. Não precisaram esperar muito — glup glup glup —, pobre lenhador enxugou a boca com o avesso do punho e depois, no silêncio, ouviu-se dizendo e se surpreendendo:

— Os sem-coração têm um coração.

— O quê o quê o quê? O que ele está dizendo? O que ele quer dizer?

Então, pobre lenhador se surpreendeu de novo proferindo, dessa vez com uma voz ensurdecedora, uma voz que jamais sentira sair da própria garganta, pobre lenhador, como eu ia dizendo, depois de ter atirado seu copinho de ferro sobre a mesa capenga que desabou, prosseguiu:

— Os sem-coração têm um coração!

Depois foi embora, num passo firme, ziguezagueando porém, para o seu casebre, para o seu lar, com o machado no ombro, subitamente assustado por ter assim gritado a sua verdade, a verdade: os sem-coração têm um coração. Assustado e ao mesmo tempo aliviado e orgulhoso, orgulhoso de ter gritado na cara dos outros, de ter se libertado, de ter concluído de repente toda uma vida de submissão e mutismo. Andava em direção de sua lenhadora bem-amada e de sua menina dos olhos que o álcool de madeira não conseguira destruir naquela noite. Andava em direção de sua mercadoriazinha que os deuses, ou sabe-se lá quem, tinham lhe dado de presente. Andava. Então sentiu o coração bater e bater, depois se flagrou cantando, cantando ao andar, uma canção que jamais tinha cantado, nem aquela nem nenhuma outra, aliás. Andava e cantava, ébrio de liberdade e de amor.

Os companheiros, consternados, perceberam:

— Ele não aguenta nem mais uma gota de álcool! Está de porre! Está dizendo besteira! — glup glup glup.

— Amanhã vai estar melhor, com o ar fresco.

E também começaram a cantar músicas que seus patrões, os caçadores de sem-coração, os invasores, tinham lhes ensinado, canções que diziam assim:

"Fincaremos nossas facas nos peitos vazios dos sem-coração até que não sobre nenhum e que nos devolvam tudo o que nos roubaram — glup glup glup — Que morram os sem-coração — glup glup glup."

Enquanto cantava, o fabricante de álcool de madeira

pensava que antigamente, antes da guerra, as autoridades locais ofereciam uma gratificação por cada cabeça de animal nocivo que se levava à prefeitura — glup glup glup.

12

Os dias, os meses se passaram. O falso cabeleireiro, o pai dos ex-gêmeos, raspava, raspava e raspava. Depois recolhia os cabelos, os louros, os castanhos, os ruivos, e fazia trouxas com aquilo. Trouxas que se juntavam a outras trouxas, outros milhares de trouxas, feitas de outros cabelos. Os louros, que eram os mais procurados, os castanhos, e até os ruivos. Que faziam com cabelos brancos? Todos aqueles cabelos partiam para o país dos generosos conquistadores a fim de se transformarem em perucas, enfeites, tecidos de decoração ou simples panos de chão.

O pai dos ex-gêmeos desejava morrer, mas bem no fundo dele crescia uma sementinha insana, selvagem, resistindo a todos os horrores vistos e sofridos, uma sementinha que crescia e crescia, mandando-o viver, ou pelo menos sobreviver. Sobreviver. Daquela sementinha de esperança, indestrutível, ele zombava, desprezava-a, afogava-a sob ondas de amargura, e no entanto ela não parava de crescer, apesar do presente, apesar do passado, apesar da lembrança do gesto alucinado que lhe valera que sua amada tão meiga não lhe desse nem mais um olhar, não lhe dirigisse mais uma só palavra, até se deixarem naquela plataforma de estação sem estação, na descida daquele trem dos horrores. Ele nem sequer pôde manter apertado contra o peito, ainda que por um segundo, o gêmeo que restara, antes que se abandonassem para todo e sempre. Teria chorado ainda mais, se tivesse nos olhos algumas lágrimas restantes.

13

Os dias, os meses se passaram, e mercadoriazinha, num desses dias mais felizes que outros, de repente ficou bem de pé e deu os primeiros passos. Desde então, saltitava na frente ou atrás de pobre lenhadora e de noite corria ao encontro de pobre lenhador. E quando ele a erguia até a altura de seu rosto, até a sua barba, ela tentava tirar seu boné, ou puxar-lhe os pelos ou, felicidade suprema, agarrar com as duas mãos seu nariz grande. Pobre lenhador ficava todo emocionado. Entregava então a mercadoriazinha à pobre lenhadora e se assoava bem forte antes de enxugar os olhos úmidos. Um dia desses, ainda mais bonito, a menina saiu correndo em direção de pobre lenhador, com os braços esticados, gritando: "Papai! Papai!", nessa língua esquisita que se falava naquele país distante. Papai se dizia *papuch*, mamãe, *mamuch*.

— Papuch! Mamuch!

Então os três se apertaram num mesmo abraço que terminava em risos e até numa canção que falava de pai, de mãe, de criança perdida e reencontrada.

14

Um dia em que pobre lenhadora e mercadoriazinha voltavam da função de catar lenha, cruzaram à entrada do bosque com o destilador de álcool de madeira e, acessoriamente, colega e até amigo de pobre lenhador. O destilador, ao descobrir a menina, informou-se de maneira educada:

— De onde saiu essa criança?

Pobre lenhadora respondeu que era dela. Então o destilador encarou longamente a mercadoriazinha, como se quisesse avaliá-la. Depois encarou pobre lenhadora antes de lhe sorrir e despedir-se, não sem ter levantado o chapéu de toupeira, declarando com voz alegre:

— Bom dia para vocês!

15

Naquela manhã, pouco antes de raiar o dia, o camarada de chapéu de toupeira, acompanhado de dois milicianos carregados de fuzis datando de uma guerra mundial anterior, ou mais certamente do tempo da invenção da pólvora pelos chineses, os três, portanto, foram cuidar da coleta da mercadoriazinha. Pobre lenhador os recebeu na soleira da porta. Primeiro, negou. Disse que era sua filha. Um dos milicianos perguntou por que não havia declarado seu nascimento na prefeitura. Respondeu que não gostava de preencher papéis, e que ela crescera assim, sem documentos. Finalmente, assentiu, sob pena de ser condenado à morte — lei é lei, camarada —, assentiu, como eu ia dizendo, mas pediu, como um favor especial, para entregar a criança a seu companheiro de trabalho, a fim de que tudo fosse feito suavemente, para não assustar com os fuzis nem a menina nem, sobretudo, sua esposa. Fez o companheiro passar à sua frente, avisando em voz alta a pobre lenhadora:

— É o companheiro do trabalho! Prepare a pequena! E sirva bebida aos companheiros!

A lenhadora apareceu, carregando a criança, que logo estendeu os braços para o lenhador. Este, então, agarrou o machado e com ele bateu no companheiro destilador, enquanto gritava para a sua lenhadora:

— Fuja! Leve a menina!

Depois, deu outra pancada na toupeira que enfeitava o crânio de seu companheiro de trabalho. Finalmente, saiu da cabana, de cabeça erguida, e atacou um dos milicianos. Abateu-o como uma tora de lenha podre. Então o outro, recuando, tropeçou, atirou no ar e depois mirou o lenhador que, com o martelo erguido, avançava para cima dele. Nesse momento, pobre lenhadora saiu correndo, enquanto o lenhador berrava, desabando:

— Corra, minha querida! Corra! Fujam! Fujam! Que Deus faça com que morram todos os malditos sem alma nem fé! Que fique viva a nossa... — e murmurou: — mercadoriazinha!

16

Corra corra corra, pobre lenhadora! Corra e aperte contra o coração a sua tão frágil mercadoria! Corra sem se virar para trás! Não não, não tente rever pobre lenhador jazendo em seu sangue, nem as três larvas fendidas por seu machado como madeira podre. Não não, não procure com os olhos o seu ex-casebre de troncos juntados pelas mãos de seu pobre lenhador. Esqueça essa cabana onde vocês três dividiram aquela felicidade tão fugaz. Corra corra corra e corra sem parar!
Correr? Para onde? Para onde correr? Onde se esconder?
Corra sem refletir! Vá vá vá! Sempre em frente. Não não não, não chore, não chore, não é hora de chorar.
No peito de pobre lenhadora, ali onde descansa, embalada pela corrida, sua mercadoriazinha tão amada, ali, em seu peito ofegante, seu coração bate bate e bate, e depois de repente se contorce. A dor lhe corta as pernas, arranca seu fôlego. Ela sabe, ela sente que os caçadores de sem-coração já estão atrás dela para lhe arrancar sua mercadoriazinha querida.
Quer parar, deslizar no chão, espraiar-se, desaparecer entre as samambaias, dissolver-se no mato alto, apertando cada vez mais forte sua pequena tão amada. Mas a seus pés

as raposinhas estão vigiando. Elas correm, correm, correm, estão acostumadas a perseguir e a ser perseguidas. Correm, arrancam-se do chão, correm sem medo e sem culpa. Para onde? Para onde correm? Não tenha medo, elas sabem chegar lá, conhecem o caminho, o caminho da salvação.

E de repente eis que pobre lenhadora e sua tão preciosa mercadoriazinha estão na entrada daquela parte do bosque tão cerrada que ninguém sabe como penetrar lá dentro. Quanto às raposinhas, nem sequer diminuem a velocidade, jogam-se ali, saltam de um tronco a outro, batendo nos galhos baixos, tropeçando nos restos de madeira morta que se espalham pelo chão.

Uma voz, uma voz então, uma voz conhecida, a um só tempo temida e desejada, ressoa:

— Quem vai lá?

— Pobre lenhadora — ela grita, enquanto as raposinhas continuam a correr.

— O que quer, pobre lenhadora?

— Asilo! Asilo para mim e minha... que os deuses me deram de presente.

A voz recomeça:

— Ouvi tiros, eram destinados a você?

— Eles queriam... eles queriam... eles queriam que ela me...

— Avance! Ande sem medo!

— Eles queriam... — Pobre lenhadora perdeu o fôlego. Sua voz lhe escapa, suas pernas se alquebram. As próprias raposinhas se imobilizam, vencidas pelas raízes, pelos espinheiros e pelo cansaço.

Pobre lenhadora gostaria de dizer tudo ao homem do fuzil da cabra e da cabeça quebrada, tudo, os temores, os sem-coração, o machado também. Recomeça, a duras penas:

— Eles queriam... eles queriam... então pobre lenhador com seu machado os... os...

O homem aparece.

— Não diga mais nada, conheço o negrume do coração dos homens, o seu lenhador e o machado dele trabalharam bem. E se os que a atormentaram quiserem vingança, saberei por minha vez trabalhar bem.

Então, faz seu fuzil escorregar de um ombro a outro, e depois estica os braços.

— Confie-me sua mercadoriazinha e siga-me.

Pobre lenhadora lhe entrega, portanto, a criança que o homem do fuzil da cabra e da cabeça quebrada recebe com doçura e dignidade como convém aos portadores de objetos sacros.

Os três avançam em silêncio. O bosque cerrado se clareia e logo aparece um jardim que pobre lenhadora nunca tinha visto. Ela pegava seu leite diário na entrada do bosque, ali onde depositava o feixe de lenha.

Naquele fim de primavera, naquele início de verão, as frutas nas árvores parecem se estender à criança. As flores se erguem e também se oferecem à colheita, como para consolar pobre lenhadora e sua filhinha. Os deuses fazem bem as coisas desse lado do bosque, ela pensa, sim, os deuses fazem bem as coisas quando pensam e querem fazer.

O homem, sempre carregando a criança, aproxima-se de uma cabana, uma cabana de troncos também, erguida ao lado de um rochedo. Não entra na cabana, dirige-se direto para a rocha e esgueira-se numa espécie de gruta onde uma cabra minúscula, mas de tetas pesadas, lhe faz festa em sua alegria de receber assim uma visita.

Então, o homem do fuzil e da cabeça quebrada coloca a

criança na frente da cabra. São da mesma altura. O homem faz assim as apresentações:

— Filha dos deuses, aqui está tua mãe nutriz, tua terceira mamãe.

A criança, radiante, abraça a cabra, esta se abandona em seus braços, com os olhos perdidos, ali onde vão se perder os olhos das cabras. Depois, as duas encostam suas frontes e ficam assim, a cabra e a menininha, olhos nos olhos, fronte contra fronte, enquanto pobre lenhadora soluça e o homem do fuzil e da cabra e da cabeça quebrada murmura:

— Por que está chorando, pobre lenhadora? De agora em diante você terá para ela leite à vontade, que já nem precisará vir buscar. Com certeza, nisso eu perco um feixe de lenha, mas ganho uma amiga de brincadeiras para minha cabra solitária, assim nós quatro acabamos ganhando. Neste nosso mundo ninguém pode ganhar nada sem aceitar perder alguma coisinha, ainda que seja a vida de um ente querido, ou a própria.

17

Os dias se sucederam aos dias, os trens aos trens. Em seus vagões chumbados, agonizava a humanidade. E a humanidade fingia ignorá-lo. Os trens provenientes de todas as capitais do continente conquistado passavam e repassavam, mas pobre lenhadora já não os via.

Eles passaram e repassaram, noite e dia, dia e noite, na indiferença total. Ninguém ouviu os gritos dos comboiados, os soluços das mães misturando-se aos estertores dos velhos, às orações dos crédulos, aos gemidos e aos gritos de terror das crianças separadas dos pais já entregues ao gás.

18

E depois, e depois, os trens pararam de circular. Como já não circulavam, pararam de entregar sua carga tão miserável de crânios a raspar. Como já não havia trens, não havia mais crânios. Enquanto isso, nosso herói, ex-pai dos gêmeos, ex-marido de sua esposa bem-amada, transformado de súbito em ex-raspador de crânios, desabou, vencido pela fome, pela doença e pelo desespero. Ao seu redor, os raros sobreviventes ainda conscientes murmuravam:

— É preciso aguentar, aguentar, aguentar, e aguentar ainda mais, isso vai acabar acabando, já se ouvem os canhoneios ao longe.

Um companheiro até lhe soprou em segredo:

— Os vermelhos estão chegando, as caveiras vão acabar cagando nas botas.

Enquanto isso, as ditas caveiras os faziam escavar fossas direto na neve a fim de queimar ali o excesso de cadáveres amontoados ao pé dos crematórios que, da mesma maneira, eles deviam destruir urgentemente para eliminar, junto às últimas testemunhas, os vestígios de seu crime imenso. Os cabelos, ontem tão preciosos, já não eram recolhidos. Pior, os cabelos embalados, já prontos para o uso, não eram mais despachados. Acumulavam-se, abandonados, perto de uma montanha de óculos, apertados entre montes de roupas, cavalheiros, damas e crianças. Também deviam desaparecer.

Aguentar, aguentar, aguentar, aquilo ia acabar acabando. Agora, ele também queria desaparecer, acabar com aquilo, acabar, acabar. De dia como de noite, ele delirava. Delirava pisoteando na neve, delirava escavando, rememorava, pior, revivia o instante fatal, o instante em que arrancara dos braços da esposa um de seus gêmeos, revivia incessantemente o instante em que, do trem, o jogara na neve. Aquela neve que ele pisoteava e pisoteava enquanto cavava seu próprio buraco para, finalmente, ali ser também queimado. Por quê, por quê, por que aquele gesto fatal, insensato? Por que não ter acompanhado a esposa e os dois filhos até o fim, até cumprir a finalidade da viagem? Erguerem-se juntos, os quatro, juntos, erguerem-se aos céus, em volutas de fumaça, de fumaça espessa e escura. De súbito, desabou. Dois camaradas, arriscando a própria sobrevivência, o arrastaram para uma barraca próxima, a fim de evitar que ele fosse jogado semivivo nas chamas.

Quando voltou a si, sentiu-se bem dentro daquela barraca, entre os corpos amontoados. Encontrou o lugar propício para esperar a morte, a libertação, enfim.

19

A morte não veio e a libertação apresentou-se a ele sob a aparência de um jovem soldado com estrela vermelha cujos olhos exorbitados testemunhavam o horror que ele acabava de descobrir. Depois de verificar que o cadáver que o olhava ainda vivia, o jovem soldado com a estrela pôs-lhe na boca o gargalo de seu cantil e nas mãos alguns biscoitos, em seguida o pegou nos braços, arrancando-o da pilha de moribundos, e o depositou diante da barraca, num pedaço de chão sem cadáveres, sob o sol da primavera que renascia.

Ali mesmo onde ainda ontem reinavam a neve, as botas e os chicotes dos bonés com caveiras, a relva tornava a crescer espessa e abundante, salpicada por uma multidão de florzinhas brancas. Foi então que ele ouviu um pássaro cantar a plenos pulmões o hino do retorno à vida. E foi então que lágrimas rolaram de seus olhos que haviam se tornado, ele pensava, tão secos como seu coração. Essas lágrimas lhe lembraram que ele voltara a ser uma criatura viva.

Como encontrou a força de se erguer, e depois de caminhar, e caminhar, e caminhar ainda mais? O canto do rouxinol bastava para que nascesse a ideia de que sua filha, sua filhinha tão desconhecida e querida talvez também tivesse conseguido sobreviver? E se tivesse sobrevivido, ele agora devia, tinha a obrigação de tudo fazer, de tudo fazer para reencontrá-la.

Portanto, saiu a caminho, seguindo os vermelhos que avançavam sempre em frente. Caiu de inanição perto de uma igreja. Um padre o levantou, o alimentou, rezou por ele, que tornou a partir, andando, sempre andando.

Chegou afinal perto de um campo chamado de agrupamento, lotado de refugiados e outras pessoas deslocadas que fugiam dos vermelhos, mas que tinham sido agarradas pelo fulgurante avanço deles. Sua aparência espectral ornada pelo número tatuado no antebraço serviu-lhe de passaporte. Foi alojado e alimentado, mas, uma vez instalado, reviveu o instante fatal, o trem, a neve, o bosque, o xale, a velha, a esperança também. E acima de tudo, acima de tudo o olhar de sua esposa desviando-se dele para todo e sempre. Por quê, por que não deixara o destino comum destruí-los, os quatro juntos, juntos?

Pobre lenhadora não se deu conta de que os trens de carga já não atravessavam o seu bosque, demasiado cativada que estava pelo espetáculo de sua própria mercadoriazinha, que crescia e prosperava a olhos vistos. A menina não parava de rir, cantar, balbuciar e dançar com a cabra, que se tornara mais do que sua irmã, diante do olhar bondoso do homem do fuzil e da cabeça quebrada.

Pobre lenhadora não se lembrava de ter vivido tamanha felicidade ao longo de toda, de toda a sua vida. Quanto ao homem do fuzil, ele espiava, com os ouvidos atentos ao Leste. Ele sabia que os vermelhos estavam avançando. Alegrava-se, mas os temia. Temia-os assim como temera as fardas cinzentas com caveiras, bem como seus lacaios e outros colaboradores. Uma vez por semana, dirigia-se a uma das aldeias próximas de sua floresta a fim de trocar seus queijos de cabra por produtos de primeira necessidade. Lá, só se falava do fim próximo daquela guerra hedionda, com esperança ou pesar. Logo os aviões estrelados de vermelho bombardearam as posições dos cinzentos, e depois o canhoneio os substituiu. Os caçadores de sem-coração agora se enfiavam nas tocas ou fugiam para o Oeste.

Com o fuzil na mão, o homem da cabeça quebrada palmilhava seu feudo pelo flanco leste de seu domínio, muito decidido a fazer os novos invasores respeitarem seus direitos de propriedade. Dois soldados vermelhos se esgueiraram no bosque com precaução. Ao avistarem um homem armado de fuzil, o deitaram no chão com uma rajada de metralhadora. Depois, precavidos, um dos soldados se aproximou, revirou o corpo com o pé, e em seguida, verificando que o rosto do homem não tinha nada de atraente, dirigiu uma careta de nojo ao companheiro, concluindo em tom de desprezo:

— Um velho, horroroso.

Verificando igualmente que o homem no chão estava só, tornaram a partir, juntando-se ao grosso da tropa dos estrelados de vermelho que preferiram contornar o bosque a penetrarem ali dentro.

No dia seguinte de manhã, depois de uma noite de angústia, pobre lenhadora descobriu o corpo jacente do homem da cabeça quebrada e do coração compadecido. Chorou muito, o que fez sua mercadoriazinha chorar. E até a cabra de olhos meigos chorava. Desistindo de enterrá-lo, pobre lenhadora cobriu seus despojos com galhos floridos, depois improvisou uma oração na forma de um agradecimento e de um desejo: que finalmente aquele homem tão bom encontrasse a paz e a felicidade que lhe foram recusadas nesta terra, que as encontrasse ali onde os deuses o acolheriam. Teve um pensamento para os deuses do trem mas não o formulou, já não tinha confiança neles.

Sabia que se a criança, sua criança tinha sobrevivido, não era graças a eles, era graças à mão que a largara do trem em cima da neve, graças à bondade do homem do fuzil e à sua cabra.

— Abençoe-os — concluiu.

Recolheu os poucos trapos, enrolou no xale de oração os queijos recém-fabricados e os utensílios para fazê-los, e depois, com a filhinha pela mão, a cabra presa na coleira, carregada como um burro, pôs-se a caminho. Não sabendo para onde ir, começou a andar sempre em frente, para Leste, para lá onde, dizem, o sol continua a se levantar.

Na estrada, cruzou com centenas de tanques e caminhões estrelados de vermelho. Atravessou aldeias em ruínas e, afinal, parando na praça de uma delas, escolheu uma ruína que lhe pareceu confortável, e ali se instalou. Estendeu o xale de oração sobre um pedaço de muro ainda em pé, dispôs os poucos queijos que tinham escapado e esperou os fregueses, com a filha confortavelmente instalada em seu colo, enquanto a cabra pastava num resto de ribanceira.

20

No chamado campo de agrupamento, convivem e se esbarram as antigas vítimas e seus antigos carrascos. Uns buscando "se reconstruir", como ainda não se dizia na época, outros buscando se fundir na multidão dos refugiados. Não ficar ali, partir, fugir de novo, que seja, mas para onde ir? Para onde ir, perguntava-se o nosso herói, ex-raspador de crânio, ex-estudante de medicina, ex-pai de família, ex-vivo transformado em sombra. Retornar ao país de onde viera de trem depois de ter sido agarrado pela polícia desse país? Partir para onde? Para o Norte, o Leste, o Oeste? E, quando lá chegasse, retomar os estudos de medicina? Abrir um salão de cabeleireiro, a fim de impor ao mundo os cabelos cortados curto, bem curto, à moda dos crânios raspados? Não não, de qualquer maneira ele não podia deixar a região sem saber, saber se sua filha, sua filhinha tão frágil, sua pequena... que nome ela usava? Que nome lhe tinham dado? Como ela se chamava? Ele já não sabia, ele já não se lembrava do nome da própria filha.

Naquele mesmo dia abandonou o campo, com o pecúlio no bolso, fornecido pela direção a fim de permitir aos que desejavam partir que partissem, e assim liberar espaço, desobstruindo o colchão de palha que eles ocupavam. Ele caminha, caminha e caminha mais ainda, à procura da estrada de ferro, do bosque, das curvas, da velha ajoelhada na neve. Acha finalmente uma estrada de ferro abandonada, a vegetação já a invadira.

Segue essa via férrea. Encontra um bosque, atravessa-o, depois outro, que também atravessa, e depois mais um. Já não havia neve, nada parecia nada, senão as velhas janelas que nunca respondiam à sua saudação. Era como buscar uma agulha num palheiro. Ele abandonou a via férrea, por sua vez já abandonada pelos trens, e começou a caminhar pelas cidades e povoados. Por todo lado, a festa estava no auge. A guerra terminara para todos, a não ser para ele e para os seus.

Os cantos, as bandeiras, os discursos, até mesmo os foguetes, toda aquela loucura, toda aquela alegria lhe lembrava que ele estava sozinho, que ficaria sozinho para sempre, sozinho ao respeitar o luto, ao carregar o luto da humanidade, o luto de todos os massacrados, o luto de sua esposa, de seus filhos, dos parentes dele, dos parentes dela. Atravessava as cidades e os povoados, como um espectro, testemunha das libações, do júbilo, das saudações, dos juramentos: aquilo nunca mais, nunca mais.

Não sabia o que procurava exatamente. Caminhava. Sua cabeça rodava e ele se lembrou de que estava com fome. Estava com fome, apesar de tudo. Numa mesinha viu queijos, queijos pequenininhos, e de repente teve desejo de queijo. Aqueles queijos minúsculos estavam espalhados sobre uma toalha esquisita que não combinava com os queijos expostos, uma toalha que parecia tecida de fios de ouro e de prata. Pôs a mão sobre a toalha, juntando umas moedas, e de repente, de repente, compreendeu. Então levantou os olhos para a mulher, não tão velha, sentada atrás da mesinha coberta por aquela toalha esquisita. A mulher estava com uma criança no colo. As duas lhe sorriam e pareciam encorajá-lo a escolher um queijo. A velha lhe falou numa língua que ele não entendia. Ela lhe fez um sinal para se servir, mas ele só tinha olhos para a garotinha. Esta lhe fez também um sinal com os olhos e com as mãos para se servir e lhe gabou a qualidade dos queijos, e depois lhe apontou a cabra a seu lado, indicando-lhe que era do leite daquela cabra que os queijos nasciam. Ele não entendeu tudo, mas entendeu o essencial. Sua filha, era sua filha, sua filha jogada do trem, sua filha destinada aos fornos, sua filha que ele salvara.

Um grito, um grito terrível, um grito de alegria, de pesar, de vitória, um grito se formou em seu peito, mas nada, nada saiu de sua boca. Apanhou um queijo, encarando o tempo todo a garotinha, sua filha. Ela vivia, ela vivia, era feliz, sorria. Ele mesmo esboçou um sorriso, e depois esticou a mão trêmula para o rosto da garotinha e acariciou aquela face tentadora. Então a garotinha agarrou sua mão e a levou aos lábios antes de dar uma risada. Ele retirou a mão, precipitadamente.

No limite do constrangimento ele se foi, sempre olhando para a velha, a cabra e sua filhinha que ele acabava de devolver ao mundo. Fixava com toda a intensidade de seus olhos aquela vendedora de queijos e sua própria filha sentada no colo dela, e ambas se beijando. Fixava-as com todos os seus olhos como se quisesse gravar nas pupilas, no coração, na alma, a imagem delas de felicidade partilhada. Por que se dar a conhecer? Por que romper o equilíbrio? O que tinha a oferecer à própria filha? Nada, rigorosamente nada. Deu mais uns passos, parou de novo. Talvez fosse preciso, apesar de tudo... talvez devesse... depois bateu em retirada, à custa de um esforço sobre-humano carregado de um misto de alegria e tristeza. Afastou-se a passos rápidos.

Vencera a morte, salvara a filha com aquele gesto insensato, derrotara a monstruosa indústria da morte. Tivera a coragem de dar um último olhar para sua filhinha reencontrada e reperdida para sempre. Ela já elogiava o produto para um novo freguês, mostrando com suas mãozinhas a origem do queijo ao apontar a cabra querida e sua mamãe adorada.

Vamos, chegou o momento de abandonar nossa mercadoriazinha e deixá-la viver sua vida. Desculpe? Você quer saber o que aconteceu com seu ex-pai? Dizem, mas dizem tantas coisas, que ele voltou para o país onde a polícia o agarrara — a ele, à mulher e a seus filhos pequenos com milhares de outros, mulheres, homens, crianças —, e então dizem que ele voltou para lá e lá terminou seus estudos de medicina, que se tornou pediatra, e que dedicou a vida a cuidar e a amar os filhos dos outros.

Quanto à mercadoriazinha, tornou-se pioneira de elite. Recebeu um lenço vermelho e uma estrela vermelha também, a ser espetada na blusa branca. Uma foto dela apareceu numa capa de revista, em que ela estava deslumbrante. O fotógrafo lhe pedira para sorrir.

Dizem até, mas, como já lhe falei, dizem tantas coisas, que o grande médico, de passagem por aquele país — pois todos os anos ia lá, no dia do aniversário da libertação do campo que tragara sua esposa e um de seus filhos assim como seus pais e os pais de sua esposa —, dizem, portanto, que ele viu aquela foto, que pensou reconhecer sua esposa e sua própria mãe, dizem até que escreveu à revista de Estado *Juventude e Júbilo* para entrar em contato com a pioneira de elite, Maria Tchekolova, que era apresentada como a pioneira de mais mérito porque era filha de uma pobre mulher, uma pobre lenhadora analfabeta que se tornara vendedora de queijos.

Não, não se sabe de nada, ou pelo menos eu mesmo não ouvi dizer nada, sobre o sucesso ou o fracasso da tentativa que fez o ex-pai dos gêmeos. Portanto, não se sabe, e nunca se saberá, se conseguiu ou não reencontrar enfim sua filha.

Epílogo

Pronto, você sabe tudo. Desculpe? Mais uma pergunta? Quer saber se é uma história verdadeira? Uma história verdadeira? Claro que não, de jeito nenhum. Não houve trem de carga atravessando os continentes em guerra a fim de entregar com urgência suas mercadorias, ó quão perecíveis. Nem campo de agrupamento, de internamento, de concentração, ou nem mesmo de extermínio. Nem famílias dispersadas em fumaça ao término de sua derradeira viagem. Nem cabelos raspados recuperados, embalados e depois despachados. Nem o fogo, nem a cinza, nem as lágrimas. Nada, nada disso aconteceu, nada disso é verdadeiro. Assim como também não são pobre lenhadora e seu pobre lenhador, como também não são os sem-coração e os caçadores de sem-coração. Nada, nada disso é verdadeiro. Nem a libertação das cidades e das zonas rurais, dos bosques e dos campos, que não existiam. Nem os anos que se seguiram a essa libertação. Nem a dor dos pais e das mães buscando seus filhos desaparecidos. Nem mesmo os xales de oração com franjas e bordados de ouro e prata. Nem o homem da cabra e da cabeça deformada, nem o homem usando — agradeçamos a Deus se acaso ele existir! —, nem o homem usando uma toupeira estripada e virada pelo avesso à guisa de chapéu. Nada, nada disso é verdadeiro. Nem o machado do pobre lenhador, o machado que cortou a toupeira ao meio antes de esborrachar os dois miseráveis milicianos caçadores de sem-coração.

Nada, nada é verdadeiro.

A única coisa verdadeira, verdadeiramente verdadeira, ou que parece sê-lo nesta história, pois é mesmo preciso que haja algo verdadeiro numa história, do contrário, para que se esfalfar em contá-la, a única coisa verdadeira, verdadeiramente verdadeira, portanto, é que uma garotinha, que não existia, foi jogada da lucarna de um trem de carga, por amor e por desespero, foi jogada de um trem, enrolada num xale de oração com franja e bordado de ouro e prata, xale de oração que não existia, foi jogada na neve aos pés de uma pobre lenhadora sem filhos para que ela a amasse, e que essa pobre lenhadora, que não existia, a apanhou, alimentou, acalentou, e amou mais que tudo. Mais que a própria vida. É isso.

É isso a única coisa que merece existir nas histórias como na vida verdadeira. O amor, o amor oferecido às crianças, às suas como às dos outros. O amor que faz com que, apesar de tudo o que existe, e de tudo o que não existe, o amor que faz com que a vida continue.

Apêndice para amantes de histórias verdadeiras

O comboio número 45 partiu de Drancy no dia 11 de novembro de 1942 levando a bordo 778 homens, mulheres e crianças, sendo um grande número de idosos e inválidos, entre os quais figurava o cego Naphtali Grumberg, avô do autor.

Dois sobreviventes em 1945.

O comboio 49 partiu no dia 2 de março de 1943 transportando mil judeus, entre eles o pai do autor, Zacharie Grumberg, bem como Silvia Menkès, nascida no dia 4 de março de 1942, e morta por gás no dia 4 de março de 1943, no dia do aniversário de seu nascimento.

Em 1945 seis sobreviventes, entre os quais duas mulheres.

O *Memorial da Deportação dos Judeus da França*, estabelecido em 1978 por Serge Klarsfeld a partir das listas alfabéticas dos judeus deportados da França, que para muitos de nós, filhos de deportados, faz as vezes de jazigo de família, e que é a obra da qual tiro estas histórias verdadeiras, esclarece que Abraham e Chaïga Wizenfeld, assim como seus filhos gêmeos Fernande e Jeannine, nascidos em Paris, no Décimo Arrondissement, no dia 9 de novembro de 1943, deixaram Drancy no dia 7 de dezembro desse mesmo ano, ou seja, vinte e oito dias depois de seu nascimento. Comboio número 64 (ver Klarsfeld, op. cit.).

La Plus Précieuse des marchandises © Éditions du Seuil, 2019. Collection La Librairie du XXIᵉ siècle, sous la direction de Maurice Olender.

Todos os direitos desta edição reservados à Todavia.

Grafia atualizada segundo o Acordo Ortográfico da Língua Portuguesa de 1990, que entrou em vigor no Brasil em 2009.

capa
Luciana Facchini
ilustração de capa
Veridiana Scarpelli
composição
Jussara Fino
preparação
Manoela Sawitzki
revisão
Jane Pessoa
Tomoe Moroizumi

7ª reimpressão, 2025

Dados Internacionais de Catalogação na Publicação (CIP)

Grumberg, Jean-Claude (1939-)
 A mercadoria mais preciosa : uma fábula / Jean-Claude Grumberg ; tradução Rosa Freire d'Aguiar. — 1. ed. — São Paulo : Todavia, 2019.

 Título original: La Plus Précieuse des marchandises
 ISBN 978-65-80309-29-0

 1. Literatura francesa. 2. Romance. 3. Ficção francesa.
I. D'Aguiar, Rosa Freire. II. Título.

CDD 840

Índice para catálogo sistemático:
I. Literatura francesa : romance 840

Bruna Heller — Bibliotecária — CRB 10/2348

todavia
Rua Luís Anhaia, 44
05433.020 São Paulo SP
T. 55 11 3094 0500
www.todavialivros.com.br

fonte
Register*
papel
Pólen bold 90 g/m²
impressão
Geográfica